SÉBASTOPOL

FRAGMENT D'UNE HISTOIRE DE LA GUERRE DE CRIMÉE [1]

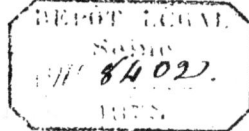

I

Le navigateur qui, venant du nord, longe le rivage occidental de la Crimée, est rejeté au large par un brusque retour de la côte, saillie extrême que projette au sud-ouest la région montagneuse de la presqu'île. Un phare en signale la pointe la plus avancée, le cap aigu de Chersonèse. Il occupe le sommet d'un triangle baigné de deux côtés par les flots et fermé à l'est par les rochers abrupts auxquels les Russes ont donné le nom de mont Sapoune. Le terrain compris entre ces rochers et la mer s'appelle le plateau de Chersonèse, sol désormais historique et sacré, car il a servi de camp retranché aux armées de France et d'Angleterre, trois des plus grandes nations du monde y sont venues, comme en champ clos, vider leur querelle, et les héroïques soldats qui se sont disputé la possession de Sébastopol y dorment, par milliers, leur dernier sommeil.

L'étendue géométrique du plateau est de cent-vingt-cinq kilomètres carrés environ ; sa plus grande élévation approche de trois cents mètres, avec une inclinaison générale du sud-est au nord-ouest. C'est

[1] Voir *le Correspondant* du 25 septembre et du 10 octobre 1875. — Le fragment que nous donnons aujourd'hui n'est pas la suite immédiate du précédent. La portion du récit qui comprend les mouvements des alliés après la bataille de l'Alma, l'occupation de Balaklava et la mort du maréchal de Saint-Arnaud, n'a point été communiquée par l'auteur.

1

dans cette direction que courent les nombreux ravins qui le sillon-
nent, et dont les débouchés forment une suite de criques ouvertes,
les unes sur la pleine mer, les autres sur le golfe intérieur et profond qui sert de rade au port de Sébastopol. De ce rivage hospitalier
du nord aux falaises inaccessibles de la côte méridionale l'opposi-
tion est aussi frappante que possible.

Il arrive souvent que plusieurs ravins concourent à la formation
d'une même crique. Les plus considérables sont en réalité d'énormes crevasses dont les parois dénudées, comme des murailles en
ruine, laissent voir, jusqu'à des profondeurs de cent mètres, les
assises calcaires sur lesquelles repose la mince couche d'argile qui
recouvre à peine le massif du plateau. Tel est, par exemple, le plus
grand des trois ravins dont la commune embouchure, désignée
sous le nom de baie du Sud, longue de deux mille quatre cents mètres, large de quatre cents, a mérité de devenir le premier port militaire de la Russie dans la mer Noire. C'est sur la rive gauche de
cette baie qu'ont été jetés, il n'y a pas encore un siècle, les fonde-
ments de Sébastopol.

Échelonnées d'abord sur la croupe étroite qui a gardé par excel-
lence le nom de *Montagne de la Ville*, les constructions ont gagné peu
à peu, vers l'ouest, le fond moins resserré du vallon à l'issue duquel
s'ouvre la baie *de l'Artillerie*; elles ont même gravi la pente opposée,
de sorte que le *faubourg de l'Artillerie* a fini par couronner l'autre
versant de ce val qui s'est appelé dès lors le *Ravin central* ou *Ravin de
la Ville*. Enfin, pour satisfaire aux exigences croissantes de la flotte,
les établissements maritimes ont franchi le port, envahi la rive
droite et développé le *faubourg Karabelnaïa*, ou de la Marine, autour
de la baie du même nom. Des casernes, des hôpitaux, des magasins,
des ateliers de toute sorte ont rapidement couvert cette partie
orientale de Sébastopol; des bassins y ont été creusés, des docks de
radoub construits pour les plus grands navires, d'immenses terrassements entrepris et d'énormes substructions préparées pour le
vaste palais qui devait remplacer l'ancienne Amirauté, née avec la
ville, mais n'ayant pas grandi comme elle.

Vue de la rive septentrionale de la rade, Sébastopol, étagée sur
les pentes de la Montagne de la Ville, ouverte dans toute sa lon-
gueur par deux voies magnifiques, la rue Catherine et la rue Maritime, que bordaient d'élégantes maisons, bâties d'une belle pierre
blanche, égayée le jour par la verdure de ses jardins et de ses
boulevards, le soir par le vif scintillement du gaz, Sébastopol, avec
l'animation de ses arsenaux, de ses quais et de son port, donnait
aux yeux comme à l'esprit la jouissance du spectacle le plus at-
trayant et le plus varié.

Par-dessus tous les édifices publics ou privés, de nombreuses églises élevaient leurs coupoles. Ce sol, vénéré par les Russes comme une terre sainte, avait porté, vers la fin du dixième siècle, les premiers chrétiens de leur race. C'était, en effet, dans l'antique cité de Chersonèse, réduite par ses armes, que le grand-duc Vladimir avait fait, en 988, profession de christianisme. A deux kilomètres de Sébastopol, sur les hauteurs qui dominent à l'ouest la baie de la Quarantaine, parmi les ruines où toutes les générations qui se sont succédé sur ce coin de terre, des Grecs aux Génois, ont laissé leurs vestiges, une église dédiée à saint Vladimir s'élève sur la place où le vainqueur païen, conquis à la foi des vaincus, a reçu le baptême.

Dès l'année 1784, en même temps que les premières constructions de Sébastopol sortaient de terre, l'amiral Mackenzie, exécuteur des volontés de Catherine II, avait pourvu à la protection de la ville naissante. A l'entrée et sur les deux rives de la grande rade qui, de l'ouest à l'est, ne mesure pas moins de six kilomètres sur huit ou neuf cents mètres du nord au sud, étaient disposées des batteries dont le nombre, les dimensions et la puissance n'ont pas cessé de s'accroître avec les années. En 1854, les défenses maritimes de Sébastopol comprenaient : hors de la rade, le fort de la Quarantaine ; à l'entrée même, sur les deux pointes qui commandent la passe, face à face, les forts Constantin au nord et Alexandre au sud ; dans l'intérieur, par couples également d'une rive à l'autre, les batteries de l'Éperon et de l'Artillerie, les forts Michel et Nicolas, les forts Catherine et Paul. La plupart de ces ouvrages étaient construits en maçonnerie solide, casematés, à plusieurs étages de feux, de sorte qu'une escadre qui aurait voulu forcer la rade eût dû passer d'abord sous les bordées du fort extérieur de la Quarantaine, puis traverser successivement quatre lignes de batteries, exposée de front, de flanc et de revers, pendant un trajet de trois kilomètres au moins, à l'action presque simultanée de six cents bouches à feu.

Ainsi protégée du côté de la mer, Sébastopol paraissait invulnérable. Du côté de la terre, qu'avait-elle à craindre? Ne suffisait-il pas de la mettre tout au plus à l'abri d'une insulte? Pendant plus de cinquante ans, elle resta, comme le moindre village, absolument ouverte. A l'exception d'un fort octogone construit, en 1818, sur les hauteurs qui couronnent la rive septentrionale de la rade, aucun travail de fortification n'était commencé, ni même étudié sérieusement seize ans plus tard. Ce fut seulement vers l'année 1834 qu'un projet fut soumis à l'empereur Nicolas qui le modifia sur le terrain même, en 1837, pendant un de ses voyages en Tauride.

Le terrain singulièrement accidenté des environs de Sébastopol se prêtait mal à l'application d'un plan régulier. Les hauteurs auxquelles appartient la partie orientale de la place sont limitées au nord-est par la baie et par le ravin du Carénage, au sud-ouest par le ravin du Laboratoire ; entre ces deux crevasses escarpées et profondes, une dépression du sol, plus ouverte et plus accessible, le ravin de Karabelnaïa ou des Docks, partage à peu près également l'intervalle, pénètre dans le faubourg même et se termine à la baie de Karabelnaïa. De l'autre côté du port, au delà du vallon qui sépare en deux versants la partie occidentale de Sébastopol, un ravin secondaire côtoie d'abord à quelque distance le faubourg de l'Artillerie, puis se détourne à l'ouest et va s'ouvrir dans la baie de la Quarantaine, laissant au nord le large plateau qui s'étend depuis cette baie jusqu'à celle de l'Artillerie. Les Russes donnent à ce ravin le nom de *Zagorodnoï*, c'est-à-dire hors la ville [1].

C'est sur ce sol inégal et coupé que le plan modifié par l'empereur Nicolas traçait une ligne de fortification dont les points culminants, quatre à l'est, quatre à l'ouest, devaient être occupés par des bastions fermés à la gorge, et reliés entre eux par des murs crénelés. Des quatre bastions affectés à la défense de Karabelnaïa, les deux premiers commandaient la baie et le ravin du Carénage ; le troisième, qui n'était point compris, on ne sait trop pourquoi, dans l'ordre numérique des ouvrages, devait couronner le mamelon Malakof et voir la partie du plateau comprise entre les ravins du Carénage et des Docks ; le quatrième, sous le numéro 3, voyait, de la hauteur de Bambor, l'autre partie du plateau entre le ravin des Docks et celui du Laboratoire. Par delà l'issue commune et large des trois ravins qui débouchent ensemble au fond du port militaire [2], commençait la défense de la Ville. En saillie au sud du grand boulevard, le bastion désigné par le numéro 4 devait occuper une croupe assez étroite entre le ravin du Boulevard et celui de la Ville ; ce dernier franchi, la ligne de défense atteignait et suivait, entre les bastions 5 et 6, la berge orientale du ravin Zagorodnoï ; enfin, tout au nord, le bastion 7, relié par une courtine à la batterie de l'Artillerie, devait se ratta-

---

[1] C'est celui que les Français ont appelé ravin de la Quarantaine, de même qu'ils ont appelé ravin des Carrières ou des Boulets le vrai ravin de la Quarantaine selon les Russes. Pour ces dénominations géographiques, ce sont les Russes que nous avons toujours suivis ; pour les ouvrages défensifs de Sébastopol, nous avons, au contraire, adopté les désignations françaises, après avoir indiqué toutefois celles des défenseurs.

[2] Ravin du Laboratoire, au sud-est ; ravin Sarandinaki ou des Anglais, au sud ; ravin du Boulevard, au sud-ouest.

cher et par le fait appartenir aux défenses de mer. Toute cette ligne, selon le tracé qu'on vient de dire, avait un développement de sept kilomètres, à peu de chose près ; la distance entre les bastions, d'un saillant à l'autre, était par conséquent de mille mètres en moyenne.

Seize ans après le voyage de l'empereur Nicolas à Sébastopol, c'est à peine si l'exécution de ce vaste plan était entreprise. Un seul bastion avait été mis en état ; c'était celui qui, sous le n° 7, faisait partie du front de mer à l'entrée de la grande rade. Sur l'emplacement assigné aux bastions 1, 5 et 6, on s'était borné à construire des casernes qui les devaient fermer à la gorge, bâtiments longs de 85 mètres, solides, voûtés, d'un seul étage, avec une partie saillante au milieu de chaque face ; l'avant-corps, arrondi du côté de la campagne, faisait l'effet d'une tour engagée dans la muraille. Vues de profil et à distance, ces casernes avaient à peu près la forme d'une croix latine. Entre les bastions 5, 6 et 7, les courtines étaient représentées par des murs crénelés, avec brisures, faces et flancs en manière de tenaille, hauts de cinq à six mètres, épais d'un mètre et demi, sans fossé ni glacis d'aucune sorte. Sur tout le reste de l'enceinte projetée, il n'avait été absolument rien fait. Lorsque la guerre eut éclaté entre la Russie et la Porte, la sécurité du prince Menchikof ne fut pas troublée d'abord ; il se contenta d'augmenter les défenses de la rade par l'établissement de nouvelles batteries de côte. Quant à la menace d'une attaque par terre, il ne la pouvait considérer comme sérieuse ; tout au plus quelque troupe d'aventure pourrait-elle descendre dans une des criques à l'ouest de Sébastopol et tenter quelque insulte sur le fort de la Quarantaine, ou même, avec beaucoup d'audace, sur le faubourg de l'Artillerie. C'était l'extrême limite des appréhensions qu'un esprit sensé pût admettre. Pour tout assurer, le prince fit remparer à la gorge le fort de la Quarantaine, commencer les terrassements du bastion 6, et construire, à gauche de la caserne n° 5, la petite lunette ou redoute Schwartz, destinée à surveiller les premières pentes du ravin de la Ville. Ainsi se passa l'hiver de 1853 à 1854.

Au printemps, l'Angleterre et la France ayant fait leur déclaration de guerre, tandis que leurs premières troupes arrivaient à Gallipoli et à Varna, les journaux européens commençaient à s'occuper de Sébastopol. Dans l'entourage du prince Menchikof comme à Saint-Pétersbourg, tous ces faits donnèrent un peu à réfléchir : si le calcul des probabilités se prononçait encore contre la chance d'une descente en force, il ne l'excluait plus absolument ; quant au débarquement d'une armée entière, c'était, d'un avis unanime, le rêve irréalisable d'une imagination chimérique. La conclusion fut qu'il était prudent de se mettre en garde, sinon contre un siége impossible, du moins contre un coup de main de quelque importance, et, selon cet ordre d'idées, on reprit les travaux.

Du côté de la Ville, les terrassements du bastion 6 furent continués; mais, comme on n'avait ni le temps ni l'argent nécessaires pour le revêtir, ses talus extérieurs reçurent un placage en dalles de pierre; un parement de même sorte fut appliqué à la redoute Schwartz. Au bastion 5, on ne remua pas une pelletée de terre; l'avant-corps de la caserne de gorge fut seulement exhaussé de deux mètres par un parapet en maçonnerie dans lequel on ménagea des embrasures pour six bouches à feu. Pendant ce temps, le bastion 4 se construisait péniblement; la couche de terre meuble était si mince et le roc si dur qu'on ne pouvait approfondir le fossé ni donner au parapet le relief et l'épaisseur au moins indispensable; dans les meilleures parties,* le remblai ne s'élevait pas à beaucoup plus de deux mètres au-dessus du sol. A droite et en arrière de ce bastion, un système de barricades en pierre sèche, d'un mètre et demi de hauteur environ, occupait le fond et les deux pentes du ravin de la Ville; à gauche, une ligne semblable côtoyait l'escarpement du Boulevard. Au-dessous, à l'extrémité du port, le terrain remblayé en forme d'esplanade, qu'on nommait la *Péressip*, était également protégé par des barricades disposées pour recevoir de l'artillerie.

Quelque faibles et imparfaites que fussent ces défenses, celles de Karabelnaïa étaient plus défectueuses encore. Sur la hauteur de Bambor que devait couronner le 3e bastion, il n'y avait qu'un ouvrage en terre, à deux faces, en forme de redan, avec des embrasures pour sept pièces. A mille mètres de là, au sommet du mamelon Malakof, les ingénieurs de la marine venaient d'élever, aux frais des marchands de la ville, une construction circulaire ou plutôt elliptique d'un côté, terminée de l'autre en queue d'aronde, et plus large que haute, car elle avait au plus dix mètres d'élévation sur quinze de diamètre; elle se composait de deux étages crénelés, appropriés aux feux d'infanterie, et d'une plate-forme sur laquelle on avait établi cinq bouches à feu, derrière un parapet à hauteur de ceinture. Un remblai en hémicycle, formant glacis, entourait à quelque distance et protégeait le pied de la maçonnerie. C'est cette construction qui est devenue si fameuse sous le nom de tour Malakof. Plus au nord, deux batteries en terre, de petite dimension, occupaient l'emplacement des bastions 1 et 2. Tels étaient les quatre points culminants de la ligne de défense du côté de Karabelnaïa. Isolés, sans communication de l'un à l'autre, mal soutenus par un système de barricades qui, à plusieurs centaines de mètres en arrière, s'appuyaient aux principaux établissements du faubourg, ils ne rachetaient pas ces défauts par la puissance de leur armement. De cent quarante-cinq bouches à feu distribuées sur une étendue de sept kilomètres, depuis les abords de la baie de la Quarantaine jusqu'à la baie du Carénage, quarante seulement appartenaient à cette partie de la ligne de défense.

II

Ainsi s'endormait, derrière ces remparts à peine ébauchés, la sécurité confiante de Sébastopol, lorsque le débarquement des alliés la surprit comme un coup de foudre. Toute cette journée du 14 septembre fut pleine d'agitation et de trouble. On entendait le sourd grondement du canon qui tonnait à l'embouchure de la Katcha ; on croyait voir à l'horizon les mille voiles de la grande *Armada*, et déjà sur les hauteurs du nord les cent mille hommes qu'on attribuait à l'ennemi. Tout était en mouvement, sur la rade, dans le port, au milieu des bivouacs que les troupes levaient à la hâte. L'émotion fut vive et courte : dès le lendemain, une activité calme, réfléchie, réglée, avait remplacé l'agitation désordonnée des premières heures.

Place de guerre sans modèle, Sébastopol, par le caractère de sa population, était exceptionnellement préparée pour la résistance. C'était moins une ville qu'une colonie militaire ; de ses quarante-deux mille habitants, trente-cinq mille appartenaient à la marine et à l'armée ; le surplus, artisans et marchands, en dépendaient pour leur labeur ou leur négoce. Il y avait peu de femmes, cinq mille à peine, toutes habituées à la rude et saine activité des populations maritimes. Ainsi, point de foule oisive ni d'existences déclassées, éléments obligés du désordre ; point de divisions politiques ni d'antagonisme social ; en un mot, point d'ennemi intérieur contre qui la défense eût des précautions à prendre et des forces à laisser en arrière. Au contraire, la discipline des esprits était facile et sûre parce qu'elle avait deux grands principes, le patriotisme et la foi religieuse. Les chefs militaires pouvaient invoquer Dieu et les saints protecteurs de la cité sans être taxés de faiblesse et tournés en ridicule. On les respectait parce qu'ils étaient de grands modèles de dévouement patriotique et de conduite morale. Ce n'est pas que le premier de tous, le prince Menchikof fût populaire ; la grandeur de son rang, sa dignité froide, ses habitudes sévères imposaient et n'attiraient pas. On n'avait point encore eu le temps de se faire à lui en le pénétrant davantage. C'était à deux vice-amiraux, ses prin-

cipaux lieutenants, qu'allaient volontiers toutes les sympathies, au
commandant de l'escadre active Nakhimof, et surtout à Kornilof,
le chef d'état-major général de la flotte ; mais ni l'un ni l'autre n'a-
vaient jamais ni cherché ni payé la popularité par aucune complai-
sance. A leurs deux noms, chers depuis bien des années à ce peuple
de marins, il faut ajouter celui d'un officier du génie, d'un nouveau venu à qui l'estime et la reconnaissance publique allaient rapidement s'attacher. Envoyé de l'armée du Danube à l'armée de
Crimée, arrivé le 22 août seulement à Sébastopol, le lieutenant-colonel de Todleben était mêlé dans l'état-major du prince Menchikof
lorsque l'événement du 14 septembre et ses suites l'en tirèrent tout
à coup, le mirent immédiatement hors de pair et lui assignèrent un
rôle capital dans la défense.

A la première nouvelle du débarquement des alliés, le prince
Menchikof avait dirigé sur l'Alma tous les régiments qui se trouvaient à Sébastopol et dans les environs ; la dernière colonne qui
partit, dans la nuit du 17 au 18 septembre, était formée exclusivement de marins. Il ne restait dans la place, avec les servants des
batteries de côte, que quatre bataillons de troupes de terre, un détachement d'artilleurs et quelques compagnies d'ouvriers, au total,
un peu plus de huit mille hommes ; mais les vraies, les grandes
ressources de la défense, c'étaient les quatorze vaisseaux de ligne,
les sept frégates, les onze bâtiments à vapeur et la nombreuse flot-
tille que contenait la grande rade de Sébastopol.

Le 20 septembre, à la fin du jour, lorsque le canon qui grondait
depuis le matin sur l'Alma eut cessé de se faire entendre, le vice-
amiral Kornilof, mandé en toute hâte, rencontra le prince Menchikof sur les bords de la Katcha, et reçut de lui, dans la nuit
même, au milieu des embarras de la retraite, l'ordre de fermer aux
vainqueurs l'entrée de la rade en y submergeant des navires. C'est
donc bien au prince Menchikof qu'appartient cette inspiration qui
fut, à sa manière, un coup de génie. Kornilof, à qui l'on en a souvent fait honneur, ne fut au contraire que l'exécuteur attristé d'un
ordre qui le désespérait et dont il osa même différer l'exécution
plus de quarante-huit heures. Pour lui, marin, ce sacrifice d'une
partie de la flotte et cette paralysie du reste ne semblaient pas ca-
drer avec l'honneur du pavillon ; il en avait horreur comme d'un
suicide. Mourir pour mourir, mieux valait, selon lui, succomber
dans une lutte héroïque en s'efforçant d'entraîner avec soi son ennemi dans l'abîme. Il voulait que l'escadre, sortant tout entière,
vînt tomber inopinément sur les flottes mouillées à la hauteur du
cap Loukoul. Tel pouvait être le succès de ce coup d'audace que
toute cette *Armada* détruite ou dispersée laissât absolument sans

vivres, sans matériel, sans ressource aucune les vainqueurs de l'Alma ; si l'ennemi cependant ne se laissait pas surprendre, il fallait au moins que chacun des commandants russes, choisissant son adversaire parmi les plus redoutables, s'accrochât à ses flancs et se fît sauter avec lui : ainsi frappé dans ses forces vives, l'ennemi ne trouverait plus dans les débris de son armement les ressources indispensables pour l'exécution de ses grands desseins. Le 21 septembre, de grand matin, les amiraux et les commandants des vaisseaux de guerre, réunis en conseil, reçurent communication du projet de Kornilof ; quelques-uns seulement y acquiescèrent ; d'autres firent remarquer qu'en supposant, contre toute vraisemblance, un demi-succès, la supériorité des alliés était telle que les pertes mêmes les plus sensibles que l'on pût espérer de leur faire subir ne les empêcheraient pas d'entrer dans la rade absolument vide et privée de ses défenseurs. Le plus grand nombre fut d'avis qu'il fallait employer à la défense de la ville des forces désormais inutiles à la mer. En minorité dans le conseil, Kornilof essaya de persuader le prince Menchikof : inébranlable dans sa résolution, le commandant en chef lui intima de nouveau l'ordre de barrer l'entrée de la rade.

Forcé d'obéir, Kornilof désigna pour le sacrifice cinq vaisseaux et deux frégates, mais il ne se pressa pas encore de l'accomplir. Les sept bâtiments placés entre les forts Alexandre et Constantin, sur une ligne, en travers du chenal, passèrent toute la journée du 22, comme embossés pour le combat ; ce fut seulement à six heures du soir que, sur une dernière et impérative injonction du prince, les équipages commencèrent à dégréer les navires. Vers la fin de la nuit, les bordages attaqués à coups de hache s'entr'ouvrirent ; des torrents d'eau roulèrent au fond des cales ; les tronçons des mâts oscillèrent ; les lignes des sabords disparurent successivement, puis les vagues tourbillonnèrent par-dessus les masses englouties. Le 23, au point du jour, il ne restait plus au-dessus des flots que deux des victimes mortellement atteintes, mais luttant encore contre la destruction. L'une des deux, la frégate *Flore*, ne tarda pas à disparaître à son tour ; l'autre, un vaisseau de cent trente canons, le plus puissamment armé de toute la flotte, roulait lourdement et semblait se débattre contre la mort. Des milliers de marins, les traits crispés, le cœur serré, silencieux et immobiles, assistaient à cette lente agonie. Sur un ordre de l'amiral, on vit une frégate à vapeur s'approcher du colosse et lâcher contre lui ses bordées ; ce fut le coup de grâce. Les boulets, déchirant la muraille, ouvrirent aux vagues de nouveaux passages et le vaisseau transpercé, envahi, rejoignit enfin ses compagnons dans l'abîme. Ce furent ces coups

de canon qui surprirent les alliés dans leur marche sur la Katcha ;
ils s'arrêtèrent, les amiraux envoyèrent à la découverte et, le soir,
les généraux en chef apprirent que la rade de Sébastopol était fer-
mée désormais à l'action des flottes. Leur plan d'opération était
tout entier à refaire.

« Les Russes, écrivait dans la matinée du 24 le maréchal de
Saint-Arnaud, les Russes ont commis un acte de désespoir qui
prouve combien ils sont frappés et terrifiés. Ils ont fermé l'entrée
de Sébastopol en y coulant trois de leurs gros vaisseaux et deux de
leurs frégates : c'est un commencement de Moscou. » Le maréchal
se trompait. Les Russes étaient si peu disposés à faire un autre
Moscou de Sébastopol et à lui en abandonner les ruines, qu'ils
venaient d'y enfermer et d'y transformer en quelque sorte toute
leur puissance maritime, en faisant passer de la mer à la terre les
ressources immenses de leur flotte, de leurs arsenaux et de leurs
magasins, sept mois de vivres, trois mille canons et dix-huit mille
matelots. Si le souvenir de Moscou pouvait être évoqué, c'était seulement comme un indice de l'énergique résolution qui allait prési-
der à la défense de Sébastopol.

Depuis le 14 septembre, les Russes n'avaient pas cessé de tra-
vailler, nuit et jour, sous la direction du lieutenant-colonel de
Todleben, pour retrancher, contre la menace qui venait du nord,
les hauteurs de ce côté de la rade. Il ne fallait guère compter sur
l'ancien fort si mal tracé que l'artillerie ne pouvait se mouvoir sur
les bastions trop exigus, si mal construit que les murs s'écrou-
laient par endroits sous la poussée des terres ; au lieu de se perdre
dans une œuvre de réfection qui eût exigé des mois, quand chaque
minute était précieuse, l'ingénieur imagina de flanquer ce mau-
vais ouvrage et de le soutenir par une sorte de camp retranché, en
prolongeant à droite et à gauche, d'une part vers la rade, de l'autre
jusqu'aux falaises de la côte, une double série de fortifications de
campagne. Un bataillon de sapeurs de six cents hommes environ
et mille travailleurs, fournis par les corps d'infanterie, s'y em-
ployèrent sans relâche pendant dix jours. Le 24 septembre, les
lignes achevées et armées présentaient à l'ennemi, en y comprenant
le front septentrional du fort, trente-huit bouches à feu de gros
calibre.

Le même jour, le prince Menchikof qui, dans la soirée du
21 septembre, avait ramené sur le plateau de Chersonèse l'armée
battue à l'Alma, lui fit de nouveau lever ses bivouacs et la dirigea sur
Baktchisaraï. En demeurant avec le gros de ses forces concentrées
au sud de Sébastopol, il aurait occupé sans doute une excellente
position défensive, mais il craignait de voir ses communications

avec Simferopol et la Russie méridionale, d'où il attendait ses approvisionnements et ses renforts, sinon coupées absolument, du moins compromises et dans tous les cas rendues plus difficiles. Deux routes, on le sait, relient Simferopol à Sébastopol; l'une directe, par Baktchisaraï, est de dix-huit lieues seulement; l'autre, la route Voronzof, n'en compte pas moins de quarante et une, parce qu'elle fait un grand détour par Alouschta et la côte méridionale de la Crimée. En s'étendant au nord de Sébastopol, les alliés auraient nécessairement coupé la première; mais ils n'avaient pas assez de forces pour intercepter la seconde. Le prince Menchikof en eut toutefois l'inquiétude, et pour n'être point bloqué sur le plateau de Chersonèse, il se hâta de l'évacuer, tandis que les alliés, ayant changé leur plan d'opération, manœuvraient pour s'y établir. Ainsi eut lieu cette double marche de flanc pendant laquelle les deux armées se croisèrent, à l'insu l'une de l'autre, jusqu'à ce moment de surprise où, dans la journée du 25, l'avant-garde anglaise heurta près de Mackenzie l'extrême arrière-garde russe et lui enleva des bagages.

En s'éloignant de Sébastopol, le prince Menchikof y laissait neuf bataillons de troupes de terre d'un effectif de sept mille neuf cents hommes, les dix-huit mille matelots de la flotte, les servants des batteries de côte, les compagnies d'ouvriers et d'autres détachements qui achevaient de porter à plus de trente et un mille le nombre des défenseurs de la place[1]. Ceux de la Ville et du faubourg Karabelnaïa dépendaient, pour l'armée, du lieutenant-général de Moller, pour la marine, du vice-amiral Nakhimof; Kornilof avait sous son commandement exclusif le fort du Nord et toute la rive septentrionale de la rade. Ses dispositions étaient faites pour soutenir énergiquement l'assaut qu'il attendait à toute heure, lorsqu'il vit au contraire les colonnes ennemies défiler à distance, tourner à

---

[1] Si ces chiffres, empruntés exclusivement au bel ouvrage du général de Todleben, semblent être en désaccord avec ceux qu'il donne lui-même, si par exemple, à cette date du 24 septembre, où nous trouvons 51,000 hommes pour le moins affectés à la défense de Sébastopol, il les réduit au nombre de 16,569 *combattants*, c'est qu'il n'y veut comprendre, à côté des troupes de terre, que les marins débarqués et organisés en bataillons. Telle était, sans doute, la force immédiatement disponible et prête à repousser, dès la première minute, une attaque inopinée de l'ennemi; mais les 8 ou 9,000 matelots à bord, toujours prêts à descendre à terre, mais les servants des batteries de côte, mais les compagnies d'ouvriers et les autres détachements armés qu'il indique, pourquoi n'en pas tenir compte? N'était-ce pas une partie intégrante de la défense? N'était-ce pas une réserve qui pouvait être rapidement appelée au soutien des combattants de la première ligne? C'est donc bien au chiffre de 31,000 hommes que nous sommes autorisés à porter le nombre des défenseurs de Sébastopol.

l'est et disparaître. Du plateau de Belbeck, le danger passait avec
elles au plateau de Chersonèse; d'un côté comme de l'autre, c'était
à Kornilof d'y faire tête; il se hâta de rentrer à Sébastopol. Telle
était la confiance qu'il inspirait à ses compagnons d'armes que tous,
ses égaux ou ses anciens de grade, se mirent à l'instant même et
volontairement sous ses ordres. Aidé de Todleben, il prit la charge
du salut commun; soldats, marins, ouvriers, marchands, bour-
geois, jusqu'aux femmes et aux enfants, il y fit tout concourir. Dès
le 26 septembre, six mille hommes distribués sur les points les
plus faibles de la ligne de défense y travaillèrent avec ardeur; le
soir venu, trois mille autres les y relevèrent; ce fut le même ordre
tous les jours qui suivirent.

Pendant cette nuit du 26 au 27, il y eut un moment d'alarme;
un bataillon du régiment de Taroutino qui entrait dans la ville
avait été pris pour une troupe ennemie, et s'il eût été en effet ce
qu'il avait paru être, la fortune de Sébastopol eût couru quelque
risque. Quand le jour se fut fait, les prêtres des principales églises,
invités par Kornilof à bénir les habitants et les troupes, parcou-
rurent solennellement la ligne de défense; derrière eux, il venait
lui-même, à cheval, haranguant marins et soldats : « Enfants,
disait-il, nous devons nous battre contre l'ennemi jusqu'à la dernière extrémité; chacun de nous doit mourir sur place. Tuez celui
qui osera parler de marcher en arrière; si je vous ordonne la retraite, tuez-moi! »

Dans cette journée même, l'ennemi se fit voir pour la première
fois aux défenseurs de Sébastopol.

III

Le 26 septembre, tandis que les Anglais prenaient possession de
Balaklava, les Français avaient couronné de leurs bivouacs les monts
Fedioukhine, collines boisées qui s'élèvent immédiatement sur la
rive gauche de la Tchernaïa, au-dessus du pont de Traktir. De ce
poste on surveillait d'un côté la plaine ondulée de Balaklava, de
l'autre le cours de la rivière qui s'allait perdre dans la rade de Sébastopol, au delà des rochers et de la vallée d'Inkermann; mais à
l'ouest la vue était arrêtée par les escarpements du mont Sapoune.
Cette longue barrière n'était accessible que par un petit nombre de
points. Au sud, le col de Balaklava donnait passage à la route qui,
de cette petite ville, aboutissait à Sébastopol par le ravin Central.
Tout près des monts Fédioukhine, la route Voronzof s'élevait en

lacets sur le plateau et, par le ravin du Laboratoire, débouchait au fond du port militaire. Au nord, la route qui descendait du plateau de Belbeck traversait sur la digue et les ponts d'Inkermann la vallée marécageuse de la basse Tchernaïa, remontait le ravin des Carrières et rejoignait au sommet du plateau la route Voronzof; on la désignait généralement sous le nom de vieille route de poste, pour la distinguer d'une autre voie que les ingénieurs de l'armée russe venaient récemment d'ouvrir. Celle-ci, qu'on nommait la route des Sapeurs, se séparait de la précédente au débouché des ponts d'Inkermann, longeait le rivage méridional de la rade, franchissait le dernier contrefort du mont Sapoune au-dessus de la baie du Carénage et gagnait le faubourg Karabelnaïa en contournant à mi-côte le mamelon Malakof.

Le 27, une première reconnaissance du plateau de Chersonèse fut faite par les généraux en chef et les états-majors des armées alliées. Deux divisions anglaises marchèrent par la route de Balaklava, deux divisions françaises par la route Voronzof. A trois kilomètres environ de la place elles firent halte; les lignes de tirailleurs se déployèrent en avant, et les observateurs, la lunette à la main, commencèrent leurs études. Les détails, à cette distance, se confondaient nécessairement dans l'ensemble; on apercevait seulement de grands remuements de terre et des milliers de travailleurs qui ne paraissaient pas se douter ou s'inquiéter au moins du voisinage de l'ennemi; pas un coup de canon ne fut tiré par la place, pas un coup de fusil par les avant-postes. Sans attendre le déclin du jour, les troupes alliées se replièrent de part et d'autre sur leurs bivouacs.

Le lendemain, tandis que les chefs de l'artillerie et du génie continuaient leurs explorations, les divisions françaises se rapprochèrent de Balaklava où il était convenu qu'elles devaient se ravitailler; mais il devint tout de suite évident que ce seul port était incapable de suffire au service des deux flottes et à l'approvisionnement des deux armées. Les bâtiments anglais y étaient si nombreux et si pressés que c'était à peine si quelques navires du convoi français avaient pu accoster aux quais de débarquement et jeter à terre assez de vivres pour subvenir, pendant deux ou trois jours, aux besoins de nos soldats; encore moins pouvait-on compter sur une prompte disposition du matériel de siège, sinon lorsque les Anglais auraient achevé de débarquer le leur. Telles étaient les difficultés dont commençait à s'émouvoir, non sans raison, le général Canrobert, lorsque, par bonheur, un capitaine du commerce qui avait autrefois navigué dans ces parages, fit savoir au vice-amiral Hamelin que la baie de Kamiesch avait assez de fond pour recevoir tout le convoi et même une partie des bâtiments de guerre. L'avis à peine donné, on en vérifia l'exactitude, et la marine française prit aussitôt possession d'un port excellent, plus vaste et plus accessible que celui de Balaklava ; matelots et soldats lui donnèrent justement le nom de *baie de la Providence*.

La découverte avait été faite le 28 ; le 29, des bigues commençaient à se dresser sur le rivage ; des chevalets étaient installés pour soutenir les débarcadères qui devaient s'allonger jusqu'au pont des navires ; tout enfin s'apprêtait pour le débarquement du convoi. Ce n'était pas en vain que le général en chef faisait appel au patriotisme de la marine ; il fallait regagner l'avance que les Anglais avaient prise. Dans cette même journée, on avait vu de leurs pièces de siége rouler sur la route de Balaklava, et quatre de leurs divisions porter leurs bivouacs sur le plateau de Chersonèse. La 3ᵉ et la 4ᵉ divisions françaises y avaient de leur côté provisoirement assis les leurs, tandis que la 1ʳᵉ et la 2ᵉ demeuraient encore dans la plaine, attendant les dernières résolutions des généraux en chef. Balaklava étant occupé à peu près exclusivement par les Anglais, il fut décidé qu'ils en auraient seuls la garde. Pour les opérations à diriger contre Sébastopol, lord Raglan, selon l'ordre établi d'abord entre les deux armées, avait offert la droite à son collègue, de sorte que les Français auraient eu l'attaque de Karabelnaïa, et les Anglais celle de la Ville. Si le port de Balaklava, également partagé entre eux, eût été l'unique rendez-vous de leurs convois, le commun dépôt de leur matériel et de leurs vivres, l'offre de lord Raglan aurait été acceptée par le général Canrobert, et la tour Malakof, dès le mois d'octobre 1854, aurait eu devant elle des troupes françaises ; mais l'obligation de chercher une base d'opération distincte, la découverte d'un port à souhait dans la baie de Kamiesch, à l'ouest de Sébastopol, plus près de la Ville que Balaklava n'était de Karabelnaïa, un concours de circonstances nouvelles, imprévues vingt-quatre heures auparavant, tout s'accordait pour renverser les combinaisons d'abord faites et leur en substituer aussitôt d'autres.

Les Anglais eurent en conséquence la droite des attaques, et les Français la gauche ; quant au corps d'observation qui devait protéger, contre les tentatives extérieures du prince Menchikof, les troupes assiégeantes, il fut convenu que les deux armées contribueraient à sa formation, au prorata de leurs forces effectives. Dans l'armée française, ce rôle de confiance fut attribué sans retard aux deux premières divisions, sous le commandement supérieur du général Bosquet ; elles quittèrent, le 30 septembre, la plaine de Balaklava, montèrent sur le plateau de Chersonèse et vinrent s'établir d'abord auprès de la route Voronzof. Du Télégraphe qui signalait leur campement, leur surveillance avait à s'exercer, de part et d'autre, le long des escarpements du mont Sapoune, depuis le col de Bala-klava jusqu'aux ponts d'Inkermann, sur une ligne qui n'avait guère moins de douze kilomètres.

Le 2 octobre, au point du jour, une des patrouilles françaises envoyées, selon l'usage, en reconnaissance, découvrit au nord, gravissant la côte du plateau de Belbeck, une longue file de voitures escortées par un fort détachement de troupes russes. C'é-taient des habitants de Sébastopol qui se retiraient à Baktchisaraï avec leurs familles et leurs meubles : grâce à la nuit, ils avaient pu gagner la vallée d'Inkermann par la route des Sapeurs. Quelques heures plus tard, l'escorte, grossie de quelques renforts envoyés à la garnison, fut signalée au retour ; il paraissait y avoir de cinq à six mille hommes, avec du canon. Au moment où la tête de la colonne allait s'engager sur la digue, un feu subit de mousqueterie l'arrêta court. Des zouaves, tireurs d'élite, s'étaient embusqués sur la *lame de couteau*, une crête étroite qui dominait et voyait d'en-filade tout le remblai d'un bord de la vallée à l'autre. Ni l'artillerie de la colonne ni les obus des canonnières embossées au fond de la rade ne purent les déloger de tout le jour. Ce fut la première escar-mouche et le seul acte de vigilance en ces parages avant la terrible surprise d'Inkermann. Tandis que la colonne russe profitait de la nuit pour rentrer à Sébastopol, tous les détachements français échelonnés depuis le poste si utilement occupé par les zouaves jus-qu'au débouché de la route Voronzof, recevaient l'ordre d'évacuer une position qui était assignée désormais aux troupes de lord Ra-glan : le général Bosquet n'avait plus à surveiller que le terrain compris entre le Télégraphe et le col de Balaklava. Dans cette journée du 2 octobre, les divisions anglaises qui s'étaient prématurément portées, le 29 septembre, à l'ouest, du côté de la mer, achevaient leur mouvement de concentration sur la partie orientale du pla-teau de Chersonèse. Le long et profond ravin Sarandinaki dont le port militaire de Sébastopol formait l'embouchure, séparait leurs quartiers des campements occupés par les troupes françaises en avant de la Ville ; celles-ci courtoisement lui donnèrent le nom de *ravin des Anglais*.

Avant de s'installer définitivement sur le plateau, les alliés avaient dû en prendre exactement connaissance. La nature ne s'y présentait pas, comme dans la riche et riante vallée de la Tcher-naïa, sous un aspect favorable. Quoique la saison ne fût pas encore avancée, le paysage était déjà sévère et triste. Sur un sol maigre, rocailleux, sans profondeur, exposé aux variations brusques d'un climat excessif, tour à tour brûlé par un soleil ardent, noyé par des pluies torrentielles, balayé par des rafales, la végétation ne pouvait

qu'être précaire en quelque sorte et chétive. Des arbustes malin-
gres, courbés, tordus par le vent de mer, des halliers épineux, des
broussailles hérissaient la partie supérieure du plateau ; çà et là,
en des endroits mieux abrités, quelques bouquets de chênes ; tout
au sud, près du monastère de Saint-George placé en vedette au sommet de la falaise, un vrai bois, mais de peu d'étendue ; partout
ailleurs c'était la steppe aride. Cependant le voisinage d'une
grande ville avait porté la vie dans ce désert. Au débouché des ravins, sur les pentes les plus accessibles, on découvrait des pavil-
lons, des maisons de plaisance, des enclos décorés du nom de fermes, avec des pièces de vignes, des carrés de légumes et quelques
pieds d'amandiers pour toute culture. Chaque propriétaire avait
creusé dans le roc son puits ou sa citerne. L'eau, rare et précieuse,
suintait lentement aux parois des crevasses les plus profondes ;
toutefois, à l'origine du ravin Sarandinaki jaillissait une source
abondante qui, soigneusement recueillie dans des tuyaux de fonte,
alimentait la principale fontaine de la ville sur la place du Théâ-
tre. Les alliés ne manquèrent pas de la détourner à leur profit, de
même qu'ils avaient déjà saigné, au-dessous des monts Fédioukhine, le canal de dérivation dont les eaux, empruntées à la Tcher-
naïa non loin de Tchorgoune, allaient, en suivant le pied du mont
Sapoune, se déverser à Karabelnaïa, dans le bassin des Docks. Leur
espoir était de réduire ainsi Sébastopol par la soif ; mais la Ville et
le faubourg avaient, comme les enclos du voisinage, leurs puits
et leurs citernes.

Tout considéré, quelque peu séduisant qu'il fût, le plateau de
Chersonèse était habitable, et d'ailleurs les alliés n'y comptaient
pas faire un long séjour. Les campements y furent établis selon la
disposition prescrite par les règlements militaires. Par un ordre
donné le 1er octobre, l'armée française avait été divisée en deux
corps, l'un d'observation, l'autre de siége. Celui-ci, formé de deux
divisions, sous le commandement supérieur du général Forey, prit
position à trois kilomètres environ de la Ville, la quatrième division
à l'extrême gauche, en arrière du ravin de la Quarantaine. La troisième, à l'origine même de ce ravin, prolongeait sa droite dans la
direction des hauteurs que les troupes anglaises occupaient, au sud-
est de Karabelnaïa, depuis le ravin Sarandinaki jusqu'aux crêtes
du mont Sapoune. Les divisions England et Cathcart, à gauche,
étaient affectées plus spécialement aux travaux de siége ; la division
légère Brown et la division de Lacy Evans à droite, derrière elles la
première brigade du duc de Cambridge, avec une partie de la cavalerie, avaient à surveiller les mouvements extérieurs des Russes.
Réunies en corps d'observation, sous les ordres du général Bosquet,

la première et la deuxième divisions françaises bordaient, comme on l'a dit, les escarpements du plateau depuis la route Voronzof jusqu'au col, au sud duquel étaient campées l'autre partie de la cavalerie anglaise et la division turque. Enfin la brigade écossaise occupait Balaklava. A l'intersection de la route qui conduisait à cette ville et du chemin de Kamiesch se dressaient les tentes du général Canrobert et de son état-major général; lord Raglan s'était installé avec le sien plus près du col, dans la ferme Braker. Les parcs de l'artillerie et du génie étaient établis sous la main des chefs d'armes, dans le voisinage de leurs quartiers généraux respectifs, ceux de l'armée française derrière la troisième division, à l'aile droite du corps de siége.

IV

Ces dispositions achevées, dès que chacun eut pris son assiette définitive et reçu les instructions particulières à son rôle dans l'action commune, les reconnaissances de la place se firent avec plus de précision et de méthode. Tracées presque en ligne droite de chaque côté du port, les fortifications ne présentaient que deux fronts singulièrement étendus, le front de la Ville et le front de Karabelnaïa. L'un et l'autre ont été décrits plus haut avec les désignations que les Russes donnaient à leurs ouvrages; les alliés leur en donnèrent de nouvelles qui sont devenues historiques; ce sont les seules que nous emploierons désormais. Sur le front de la Ville, le bastion n° 6 devint le bastion de la Quarantaine, le n° 5 le bastion Central; le n° 4, à cause d'un mât de signaux qui était dressé sur le terre-plein, fut nommé le bastion du Mât. Du côté de Karabelnaïa, on appela Grand-Redan ou Redan des Anglais le bastion n° 3, Petit-Redan le n° 2; le n° 1 fut désigné par le terme de Batterie de la Pointe, et sa caserne de gorge reçut le nom de *Maison en croix*. La tour Malakof, appelée d'abord la *Tour des Anglais* ou la *Tour Blanche*, ne tarda pas à reprendre sa dénomination russe.

Tous ces ouvrages, depuis le 26 septembre, avaient prodigieusement grandi. Le bastion Central élevait ses parapets à vue d'œil, flanqué d'un côté par une pièce nouvelle, la lunette Belkine, comme il était déjà de l'autre par la lunette Schwartz; au bastion du Mât, les terrassements avaient doublé d'épaisseur et de relief. Dans le ravin Central, à la place des barricades qui n'auraient donné qu'une défense médiocre, des batteries en terre, précédées de fossés, s'échelonnaient sur les deux pentes. En arrière, sur la croupe méridio-

2

nale de la montagne de la Ville, un épaulement de grande dimension était prêt à recevoir des pièces d'artillerie destinées à battre
l'intérieur du bastion du Mât, s'il venait à être envahi par les alliés,
et à couvrir de mitraille le large pli de terrain vague qu'ils auraient à franchir avant de se heurter aux premières maisons disposées pour la défense. Au fond du port, un vaisseau de 84 canons,
embossé tout près de terre, flanqué lui-même à droite et à gauche
de batteries sur les berges, commandait la Péressip et les débouchés
des ravins environnants. Au-dessus commençaient les défenses
nouvelles de Karabelnaïa. Devant les casernes de l'artillerie de
marine s'étendait la batterie Nikonof, destinée par sa position
même à contrebattre à la fois les attaques françaises et anglaises
avec une persévérance et un succès qui devaient la rendre justement fameuse sous le nom de batterie des Casernes. Plus loin,
de l'autre côté du Grand-Redan dont les proportions ne ces-
saient de s'accroître, un ouvrage presque aussi célèbre, la batterie Gervais surveillait le ravin des Docks et les abords de Malakof.
Sur le mamelon même, aux deux extrémités du glacis qui couvrait
la tour, des bouches à feu étaient disposées, soit pour battre simplement le terrain devant elles, soit pour flanquer la batterie Gervais d'une part, le Petit-Redan de l'autre. Des tranchées reliaient
entre eux ces différents ouvrages et se prolongeaient au nord jusqu'à la batterie de la Pointe.

Ce qu'on vient de voir n'est qu'une esquisse à grands traits des
principaux travaux de la défense ; pour être exact, le détail serait
infini ; mais ce qu'il n'est pas permis de passer sous silence, c'est
l'aisance et la promptitude avec lesquelles chaque batterie, chaque
face d'ouvrage était aussitôt armée que construite. A peine les ter-
rassiers avaient-ils achevé le gros de leur besogne que les plates-
formes recevaient les pièces d'artillerie d'avance amenées sur leurs
affûts à pied d'œuvre, avec leur attirail, leurs munitions, leurs
servants, prêtes à faire feu, ce qui n'empêchait pas, les nuits sui-
vantes, d'épaissir et d'exhausser les parapets, d'élargir et de relever
les terre-pleins, en un mot de perfectionner incessamment le travail. L'artillerie de place avait suffi au premier armement de Sébastopol ; mais le lieutenant-colonel de Todleben, voulant avoir des
calibres plus forts et des portées supérieures, avait demandé à la
marine ses plus puissantes bouches à feu ; c'était par centaines
qu'on les comptait déjà sur les remparts ou dans les dépôts de
la Ville et du faubourg. Afin d'aider aux communications, Nakhimof avait fait établir une passerelle vers le milieu du port militaire.

Tous ces travaux, toutes ces manœuvres exigeaient un grand

nombre de bras. Depuis le 30 septembre, les troupes du prince Menchikof, revenues sur les hauteurs de Belbeck, étaient, soit par la rade, soit par la route des Sapeurs, en rapports constants avec Sébastopol, de sorte que la place avait pour garnison, à parler exactement, l'armée même. C'est donc pendant cinq ou six jours seulement que Sébastopol est restée à la garde des forces que le prince Menchikof y avait laissées en s'éloignant vers Baktchisaraï. Les alliés y auraient-ils pu entrer alors par un coup de force? On l'a dit, on l'a cru si bien que, dans la surprise d'un faux bruit, devant l'Europe émue, Paris s'est donné la joie prématurée d'un triomphe. A l'armée même, autour du général Canrobert et de lord Raglan, il s'est trouvé des généraux qui ont en effet proposé de brusquer l'attaque; c'était le projet du maréchal de Saint-Arnaud, disait-on, et dans les circonstances, le seul bon à suivre. Le maréchal Niel, plus tard, n'y a pas contredit absolument, et pour ne rien céler, cette opinion compte en sa faveur une autorité puissante, le grand nom de Todleben. Le lecteur jugera. Dans les pages qui précèdent, il a eu sous les yeux les principales données du problème : d'un côté, une place entourée d'ouvrages de campagne, sans continuité, il est vrai, et de peu de relief, mais placés sur des positions dominantes, cent cinquante bouches à feu en batterie, seize mille combattants au premier rang, quinze mille en seconde ligne ou à bord d'une flotte toujours prête à concourir à la défense; de l'autre côté, cinquante mille hommes arrivant à l'aventure et d'abord errant sur un terrain coupé, difficile, inconnu, n'ayant de vivres et de munitions que ce que contenaient encore leurs sacs et leurs gibernes, d'artillerie que quelques pièces de bataille. Dans ces conditions, les bonnes chances pouvaient-elles seulement balancer les mauvaises? Comment égaler les suites du meilleur succès aux désastres d'un revers? Un assaut manqué perdait tout. Quand le maréchal de Saint-Arnaud se promettait d'enlever Sébastopol, ce n'était pas d'emblée, comme on l'a dit, en cinq ou six jours seulement. « Je mènerai les choses si vigoureusement en Crimée que ce sera bientôt fini, écrivait-il le 25 août; je ne veux pas que cela dure plus d'un mois; » et le 11 septembre : « Je compte être sous Sébastopol le 25; tout sera fini le 25 octobre, avec la protection de Dieu. » Un mois : ni le général Canrobert, ni lord Raglan, ni le général Bizot lui-même, si opposé aux aventures, ne demandaient pas davantage; mais ils voulaient que le chemin fût au moins frayé aux colonnes d'assaut par la grosse artillerie. « Les armées alliées établies sur le plateau, le matériel de siége débarqué et mis en position, écrivait, le 28 septembre, au maréchal Vaillant le général Canrobert, nous attaquerons immédiatement la place dont les défenses ont été considérablement augmentées de ce côté. Néanmoins j'estime que nous n'aurons pas à procéder avec la lenteur méthodique d'un siége régulier et que la place pourra être enlevée d'assaut par des colonnes qui prendront à revers les ouvrages qui la défendent, après qu'ils auront été battus et ruinés par le feu de notre artillerie (ici à la marge, de la main du maréchal Vaillant : *bien*). » De son côté, le général Bizot lui écrivait le 7 octobre : « Il me serait difficile d'estimer d'avance le temps qu'il faudra consacrer au siége; nous nous trouvons devant une place de nouvelle création sur laquelle il n'existe aucun document, aucun plan; nous allons expérimenter un matériel d'un calibre et d'une portée inusités; enfin, cette place ne peut être investie complétement. Tout me donne à espérer, cependant, que nous ne ferons pas attendre le bulletin complémentaire de celui de la bataille de l'Alma et que nous toucherons au terme et au but de cette grande expédition quand cette lettre sera mise sous vos yeux. »

A Paris, dans le gouvernement, on était à la fois enclin aux illusions et retenu par l'esprit de prévoyance. Ce double courant de sentiments hasardeux et d'opinions réfléchies est déjà curieux à suivre dans la dépêche écrite au maréchal de Saint-Arnaud par le maréchal Vaillant, le 14 septembre, et citée avant le récit de la bataille de l'Alma dans le précédent livre. Quelques semaines plus tard, le ministre écrivait, le 9 octobre, au général Canrobert : « Vous devez être en possession de la grande lettre que j'ai adressée au maréchal, à la date du 14 septembre; elle vous fait connaître les intentions de l'empereur au sujet de notre séjour en Crimée. J'ai peu de chose à y ajouter. Vous m'annoncez, dans votre lettre du 28 septembre, avoir l'intention de pousser vigoureusement l'attaque des ouvrages qui sont devant vous : j'approuve et m'en rapporte à vous pour la vigueur des attaques; mais ne négligez rien de ce qui peut en assurer le succès. Ne livrez point d'assauts de loin; ils échouent presque tous. Multipliez les brèches, les cheminements. Telle tranchée qui paraît inutile est celle qui vous mettra à même d'enlever un ouvrage. Que tous vos canons soient en batterie et le plus près possible de la place; que vos officiers du génie et vos artilleurs remuent beaucoup de terre et la remuent vite; tout l'art des siéges est là dedans. Rappelez-vous surtout que la vitesse dans les marches ou cheminements et la vigueur dans les attaques ne sont pas la *précipitation*. Celle-ci peut tout perdre; les autres assurent le succès. » Empruntées à ce vieux principe de guerre qu'on ne doit rien laisser au hasard de ce qu'on lui peut enlever, ces sages maximes étaient justement celles auxquelles, de lui-même et d'avance, le général Canrobert avait judicieusement conformé sa conduite. Entre lui et lord Raglan, tout, d'ailleurs, marchait de concert, et sous leurs ordres, les généraux Thiry et Bizot d'un côté, sir John Burgoyne de l'autre, exécutaient les résolutions communes avec le même accord.

V

Il avait été convenu que, tandis que les troupes d'observation couvriraient par des fortifications de campagne les abords de Balaklava et du mont Sapoune, les troupes d'attaque concentreraient leur action des deux côtés du port militaire, les Anglais sur le Grand-Redan, les Français sur le bastion du Mât, de telle sorte que ces deux ouvrages, bouleversés par les ravages d'une artillerie puissante, n'eussent bientôt plus assez de feux pour briser l'élan des colonnes d'assaut. L'exécution de ce double programme fut rapidement entreprise. Dominé à l'est et à l'ouest par des montagnes inaccessibles, Balaklava n'avait à être défendu que du côté du nord. Une suite de mamelons peu élevés entre lesquels serpentait la route Voronzof et dont le plus oriental avait reçu des alliés le nom de mamelon Canrobert, traversait la plaine à distance à peu près égale du village de Kadikoï et des monts Fedioukhine; les Anglais y construisirent des redoutes. Quelques tranchées en arrière et sur les crêtes les plus rapprochées achevèrent de mettre le port en défense. Soucieux, avant tout, de garder contre toute surprise ses communications avec la mer, lord Raglan ne semblait pas se préoccuper autant de couvrir ses positions avancées sur le mont Sapoune; la ligne de circonvallation était à peine ébauchée çà et là sur le front des divisions anglaises, lorsqu'elle était achevée déjà par les soins du général Bosquet, depuis le Télégraphe jusqu'au versant méridional du col de Balaklava. Vingt-quatre pièces turques de gros calibre étaient en position, soit dans les redoutes de la plaine, soit sur les saillants de la ligne de défense.

Devant la place, le feu de l'ennemi rendait plus difficile le choix du terrain et les travaux plus dangereux. L'artillerie russe avait des portées qu'on trouvait extraordinaires en ce temps-là. Dans la matinée du 5 octobre, comme plusieurs bataillons français commandés pour appuyer une reconnaissance se rassemblaient hors des tentes, sur le front de bandière, quatre hommes étaient atteints par des éclats d'obus, à 5,200 mètres des ouvrages. La reconnaissance, dirigée par le général Bizot, se fit d'ailleurs avec succès. Entre le

ravin des Anglais et le ravin de la Quarantaine, s'étendait une
sorte de plaine ondulée que les Russes nommaient le *champ Kou-
likovo*. Des murs la coupaient irrégulièrement de distance en
distance; en gagnant de l'un à l'autre, le commandant du génie
remarqua deux enclos qui lui parurent convenir à l'établissement
d'un dépôt de tranchée ou à l'installation d'une ambulance; l'un
était la ferme Pastor, l'autre la maison Spakofski; à ces noms
obscurs, la guerre en a substitué d'autres : aussi longtemps que le
siège de Sébastopol restera dans le souvenir des hommes, on nommera
le *Clocheton* et la *Maison des Carrières*. Tandis que la majeure
partie des troupes de soutien faisait halte à l'abri des clôtures,
le général Bizot, suivi de ses officiers et d'une seule compagnie de
chasseurs, s'avança jusqu'au *mont Rodolphe* : les Russes nommaient ainsi, d'une ferme établie en cet endroit, une croupe allon-
gée, à pentes douces, à peu près parallèle aux défenses de la Ville
qu'elle dominait à la distance de neuf cents mètres environ. C'était
de l'autre côté de cette hauteur que commençaient à se creuser
le ravin Central à droite, en avant le ravin Zagorodnoï, et plus à
gauche, le vallon consacré au grand cimetière de Sébastopol.

Quelques précautions qu'eût prises la petite troupe pour se dérober aux vues de l'ennemi, des cosaques en vedette la découvrirent
et la signalèrent; aussitôt, du bastion Central et du bastion du Mât,
un feu vif fut dirigé sur le mont Rodolphe; courbé sur sa lunette,
l'intrépide chef du génie ne semblait pas même entendre le siffle-
ment des boulets qui ricochaient autour de lui; uniquement préoc-
cupé de bien voir, la fumée seule du canon lui causait quelque im-
patience. Ses observations faites, ses croquis achevés, il donna le
signal du retour. Quelques heures après, un détachement russe,
composé de marins, de sapeurs et de cosaques, avec deux pièces de
campagne, vint mettre le feu dans la ferme Rodolphe et ravager
l'enclos. La *Maison brûlée* figura, dès lors, sur les plans du terrain
d'attaque. En dépit de la canonnade dirigée contre elle, la reconnaissance du 5 octobre, hors l'accident du matin, n'avait eu ni mort ni
blessé : le lendemain, en avant du Clocheton, le capitaine du génie
Schmitz fut atteint mortellement par un obus perdu. Ainsi fut
ouvert le long nécrologe des officiers français devant Sébastopol.

De son côté, sir John Burgoyne avait reconnu les abords de Karabelnaïa. Les mouvements nécessaires pour resserrer l'investissement de la place, l'ouverture de la tranchée, la construction des
batteries, tout était réglé de concert entre les généraux en chef. Le
7 octobre, à la nuit tombante, deux brigades anglaises, longeant à
droite et à gauche le ravin du Laboratoire, s'avancèrent, l'une sur

la *Montagne verte*[1], l'autre sur la hauteur Voronzof; à douze cents mètres environ du Grand-Redan, leurs avant-gardes s'arrêtèrent. Au même moment, neuf bataillons français, sous les ordres du général de Lourmel, prenaient position derrière le mont Rodolphe, en appuyant leur gauche à la *Maison brûlée*. Ils avaient à peine occupé leurs postes lorsque, vers onze heures, une sortie russe qui pensait avoir seulement affaire à quelques tirailleurs embusqués dans les ruines, se présenta pour les en déloger; une fusillade plus vive que ne s'y attendait l'ennemi lui fit prendre, sans trop tarder, le parti de la retraite.

En arrière des troupes déployées en rideau sur la ligne d'investissement, une activité incessante et variée animait le plateau de Chersonèse; c'étaient des renforts d'infanterie amenés de Varna qui rejoignaient leurs divisions respectives, des cavaliers, chasseurs d'Afrique ou hussards, qui se rendaient au corps d'observation, des fourgons, des caissons, des prolonges, qui voituraient les vivres aux magasins divisionnaires, le matériel du service de santé aux ambulances, aux parcs du génie et de l'artillerie les poudres, les projectiles, les sacs à terre, les outils, les engins de toute sorte. De là, transportés par des corvées en longues files, les fascines et les gabions, fabriqués d'avance à Varna, s'accumulaient entre le Clocheton et la maison des Carrières, jusque sous les murs en ruine de la Maison brûlée, tandis qu'à l'autre extrémité du plateau un atelier de fascinage exploitait déjà le bois du monastère Saint-George. Émule généreuse de l'armée de terre, la marine mettait à son service et faisait débarquer à Kamiesch, sous la direction du capitaine de vaisseau Rigault de Genouilly, vingt canons de 30, dix obusiers de 80, mille matelots d'élite, vaillants hommes qui, à côté des artilleurs de France et d'Angleterre, en face des canonniers de la flotte russe, allaient apprendre de leurs camarades comment on fait un siége avec gloire, de leurs adversaires comment on le soutient avec honneur.

Sébastopol n'était pas une de ces places qu'on doit ou qu'on peut scrupuleusement attaquer dans les formes. Tout y était en contradiction avec les lois prescrites, les idées reçues, les usages consacrés en matière de poliorcétique. Au lieu de ce tracé géométrique et pur, de ces belles lignes régulières de la fortification classique, de ces revêtements sur lesquels, par le contraste heurté de l'ombre et de la lumière, les angles aux arêtes vives se dessinent à souhait

---

[1] La *Montagne Verte*, occupée par les Anglais, entre le ravin Sarandinaki et le ravin du Laboratoire, doit être bien distinguée du *Mamelon Vert*, occupé par les Russes, en avant de la tour Malakof, entre le ravin de Karabelnaïa et le ravin du Carénage.

pour l'observateur, le général Bizot et ses ingénieurs n'apercevaient devant eux que des ouvrages d'un aspect terne et confus, des terrassements qui semblaient exécutés au hasard d'un terrain capricieux et que le travail de chaque jour modifiait sans cesse, à ce point qu'après un mois d'études constantes et parvenus à cent cinquante mètres seulement du bastion du Mât, les officiers du génie ne pouvaient s'accorder sur le rang et le nom qui lui convenaient dans l'ordre des formes autorisées par les maîtres[1]. Qu'il fût extrêmement difficile, pour ne pas dire impossible aux alliés de se rendre un compte exact des ouvrages russes, de leur disposition et de leur armement, l'illustre ingénieur de Sébastopol, Todleben est le premier à le reconnaître ; mais, bien loin que les illusions d'optique auxquelles les assaillants ne pouvaient se soustraire eussent pour effet d'agrandir à leurs yeux les proportions de la défense, elles les diminuaient au contraire, et c'est par cette sorte de mirage qu'il convient d'expliquer les erreurs dont les attaques françaises eurent d'abord à souffrir.

Comme le mont Rodolphe était la seule hauteur qui, sans être trop éloignée de la place, eût sur elle un commandement de quelque importance, de vingt mètres environ sur le bastion Central, de dix mètres sur le bastion du Mât, le général Bizot se persuada qu'en y concentrant une cinquantaine de pièces, la puissance de cette artillerie et sa position dominante auraient, dans un temps donné, raison de la défense. Réglés de concert avec le général Thiry, les plans du chef du génie reçurent l'approbation du général Canrobert. Sir John Burgoyne, de son côté, avait arrêté les siens. Il fut décidé par les généraux en chef que l'ouverture de la tranchée aurait lieu simultanément devant la Ville et devant le faubourg dans la nuit du 9 au 10 octobre. En attendant, les Anglais avaient entrepris, à titre d'essai, la construction de deux batteries destinées à recevoir des canons dits de Lancastre, d'un système, d'un calibre et d'une portée dont on attendait des merveilles. L'une de ces batteries, sur la berge gauche du ravin du Carénage, était à 2,200 mètres de la tour Malakof ; l'autre, sur la berge droite du ravin du Laboratoire, à 2,500 mètres au moins du Grand-Redan. Celle-ci ne fut jamais armée que d'une seule bouche à feu ; la première, la batterie *aux cinq yeux*, — c'est le nom que lui donnèrent les Russes,

---

[1] Le général Bizot au maréchal Vaillant, 5 novembre 1854 : « ... J'appelle bastion ou plutôt ouvrage du mât un système de deux fronts très-petits composant une sorte de couronne, sur lequel les officiers du génie ne sont pas encore d'accord, tant les formes se dessinent confusément ; quelques-uns croient qu'il n'existe de flanc qu'au petit bastion du saillant et que le reste est simplement tenaillé... »

— reçut d'abord en effet cinq pièces ; mais la distance étant trop grande, le résultat du tir par conséquent médiocre, elle fut désarmée peu à peu ; de toutes les deux, il ne resta bientôt plus que les épaulements.

Le 9 octobre, tout était prêt pour le grand travail d'inauguration qui devait signaler la nuit prochaine. La première division française, remplacée au corps d'observation par la division turque, avait reçu l'ordre de se joindre au corps de siège. Le lieutenant-colonel d'état-major Raoult, nommé major de tranchée, avait pris son poste au Clocheton ; les colonels Tripier et Lebœuf, chargés de diriger les travaux, l'un du génie, l'autre de l'artillerie, s'étaient assurés que les outils et les matériaux nécessaires aux opérations de leurs armes se trouvaient dans les dépôts en quantité suffisante ; une ambulance était installée dans la Maison des Carrières ; seize cents travailleurs en deux bandes et huit bataillons de garde étaient commandés pour le soir. Dans l'après-midi, vers trois heures, une colonne russe, forte de deux bataillons et demi, avec quatre pièces de campagne, vint attaquer de nouveau les ruines de la Maison brûlée. Après une assez vive fusillade et l'échange de quelques coups de mitraille, le général Canrobert, attiré par le bruit du combat, commanda, pour en finir, une charge à la baïonnette qui fut décisive. Il était cinq heures, à six devait commencer l'ouverture de la tranchée ; cet incident eut pour effet de retarder un peu l'entrée en scène et de modifier, avec le nombre des acteurs, la distribution des rôles.

Le fusil en bandoulière, une pelle et une pioche sur l'épaule, guidés par une quarantaine de sapeurs du génie, escortés par trois des bataillons de garde, les cinq autres demeurant en réserve au Clocheton, huit cents travailleurs d'infanterie, sur deux files, s'avancèrent à petit bruit jusqu'au mur de la Maison brûlée ; là, chacun ayant ajouté à sa charge un gabion, les deux files marchèrent encore quelque temps côte à côte, puis elles tournèrent, l'une à droite, l'autre à gauche, s'arrêtèrent et firent front ; il n'y eut plus alors qu'un seul rang de huit cents hommes. Chacun déposa son gabion debout devant soi, après quoi tous, se couchant par terre, sur le ventre, l'arme d'un côté, les outils de l'autre, attendirent que les sous-officiers du génie eussent rectifié, le long d'un cordeau tendu d'avance, la ligne continue des gabions. Pendant ce temps, les troupes de garde, arrêtées et déployées à cent mètres en deçà, détachaient en avant deux compagnies par bataillon, celles-ci des escouades plus avant encore, et les escouades des sentinelles encore au delà ; à tous défense absolue de tirer un coup de fusil : s'il y avait à se battre, c'était à l'arme blanche, corps à corps. Quand toutes les dispositions furent faites, il était neuf heures. Les hommes, relevés, attendaient. Donnés à mi-voix, les commandements se communiquaient de proche en proche. Au dernier signal : *Haut les bras !* huit cents pioches se levèrent et retombèrent sur le sol : moment critique. Le signal était donné pour le danger comme pour le travail. En ce sens une ouverture de tranchée vaut presque un assaut ; entre ces deux extrêmes, la guerre de siège peut avoir d'aussi grands périls, elle n'a certainement pas d'heures plus émouvantes. L'assiégé, mis en éveil, ne va-t-il pas, à coups de mitraille et d'obus, balayer à tout instant le champ des attaques ? Aussi le zèle du travailleur n'a pas besoin qu'on l'excite. Chaque pelletée de terre arrachée au sol, jetée dans le gabion qui le couvre encore mal, accroît insensiblement ses chances de salut : à mesure qu'il descend, son rempart monte, mais avec quelle lenteur ! et combien les minutes lui sont longues ! Pour ces premiers ouvriers du siège de Sébastopol, le danger, par bonheur, ne passa pas la menace. La nuit était sombre ; un vent assez fort, soufflant du nord-est, emportait loin de la place le grincement du fer mordant avec peine sur un terrain rocailleux. A minuit, douze cents nouveaux travailleurs relevèrent leurs camarades qui reprirent la tâche à quatre heures du matin. A six heures, la tranchée, sur un développement de plus de mille mètres, était assez profonde et le remblai assez élevé pour que les hommes pussent se tenir debout à couvert.

Le tracé de la gabionnade qui couronnait la crête du mont Rodolphe figurait deux bastions reliés par une courtine ; à l'extrémité gauche, une communication en retour joignait le mur d'enclos de la Maison brûlée ; à droite, une amorce de quelques mètres seulement indiquait la direction que devait suivre la première parallèle, s'il était nécessaire d'attaquer régulièrement le bastion du Mât.

De leur côté, les Anglais avaient ouvert, sur toute la largeur de la Montagne verte, entre les deux ravins qui lui servaient de limites, une longue tranchée, à douze cents mètres du Grand-Redan. Leur travail, comme celui des Français, avait pu être entièrement dérobé à la vigilance de l'ennemi. Au jour naissant, la surprise fut grande assurément chez les Russes, mais, tout au contraire de ce qu'on devrait penser, ce fut avec une impression de joie qu'ils découvrirent les mystères de cette nuit laborieuse. A la guerre, rien n'est plus difficile que de calculer exactement les forces de l'adversaire ; on les met presque toujours beaucoup au-dessus ou beaucoup au-dessous de leur valeur effective. A Sébastopol on s'exagérait les ressources et, par suite, les desseins des alliés ; on y vivait, depuis leur première apparition, jour et nuit, dans l'appréhension d'une attaque subite par surprise. Fondée ou non, cette inquiétude était déjà un péril moral ; elle eût énervé les plus fermes à la longue. Le 10 octobre, avec l'aube, elle s'évanouit comme un fantôme. Officiers et soldats, pressés sur les remparts, se montraient avec satisfaction les travaux de l'ennemi ; on s'abordait, on se félicitait, on se réjouissait ; on supputait les chances d'un nouvel avenir. Étaient-ce les préludes d'un vrai siége ou seulement les apprêts d'un grand combat d'artillerie ? C'était du moins l'ajournement d'une action décisive. Le temps gagné, ne fût-il que d'une semaine, permettrait aux défenseurs de doubler leurs moyens, aux renforts annoncés de hâter leur marche, à tous enfin non plus de souhaiter seulement, mais d'espérer avec plus de confiance le salut de Sébastopol.

Immédiatement des ordres furent donnés pour augmenter la puissance de l'artillerie sur tous les points d'où la défense pouvait agir contre les tranchées françaises et anglaises. On avait réservé jusqu'alors les ressources exceptionnelles de l'armement, les grands mortiers, les plus formidables calibres de la marine, les pièces de 68 et les canons à bombes, dont les projectiles énormes pesaient 120 livres russes : on les employa dans les batteries déjà construites, et l'on se mit en mesure d'en construire de nouvelles. Il en est une parmi ces dernières qu'il faut citer par-dessus toutes, la batterie Schemiakine des Russes, pour les Français la batterie basse de la Quarantaine. Placée à deux cents mètres en avant du bastion de ce nom, perpendiculairement à sa face droite, au bord du ravin Zagorodnoï, elle était destinée à prendre en écharpe la gabionnade du mont Rodolphe, dont le sol inégal s'offrait comme en amphithéâtre à ses vues. C'est le premier de ces ouvrages de contre-approche qui ont rendu si justement fameux le nom de Todleben.

Depuis que les travaux des alliés étaient devenus visibles, les Russes avaient dirigé contre eux une canonnade que la nuit même ne fit pas cesser, mais dont l'effet d'ailleurs fut peu dommageable. Onze cents travailleurs d'infanterie ne cessèrent pas, pendant toute la journée du 10 octobre, d'élargir la tranchée française et de la creuser davantage. Dans la nuit du 10 au 11, les Anglais en ouvrirent une sur la hauteur Voronzof, à droite du ravin du Laboratoire, comme ils avaient fait d'abord sur la montagne Verte, et à pareille distance. Pendant ce temps, les Français entreprenaient la construction de leurs batteries. Au déclin du jour, 200 artilleurs, 600 travailleurs d'infanterie et 500 marins, munis des outils nécessaires, avaient été conduits sur le terrain. Le plan concerté entre les généraux Thiry et Bizot comprenait cinq batteries : les deux premières, sur les deux faces du bastion de gauche, devaient être construites, armées et servies par la marine ; les trois autres, sur les deux faces du bastion de droite et sur la courtine attenante, étaient assignées à l'artillerie de terre. La batterie de la courtine, désignée par le numéro 3, était une batterie de mortiers; elle fut placée dans la tranchée même. Dans les bastions, les travaux étaient d'une exécution moins simple et beaucoup plus longue. Comme on ne voulait rien perdre, pour les canons et obusiers, du faible commandement que le mont Rodolphe avait sur la place, il avait été décidé que les batteries seraient élevées sur le sol naturel, en arrière de la gabionnade qui leur servirait de masque, comme la tranchée leur servirait de fossé. Il était donc nécessaire de donner à l'épaulement une épaisseur et une hauteur beaucoup plus grandes qu'il n'aurait suffi s'il eût seulement été question de former le coffre d'une batterie enterrée. Or le travail se trouvait retardé par une difficulté peu commune : la terre manquait; à moins d'un demi-mètre on heurtait le roc vif. Aussi, pour exécuter une besogne donnée, fallait-il employer quatre fois plus de temps qu'il n'eût été de besoin dans les circonstances ordinaires; il en fallait un peu davantage pour les batteries entreprises par les marins, dont le zèle et l'industrie vraiment admirables ne pouvaient pas tout à fait racheter l'inexpérience. Cependant c'était à l'initiative et au dévouement de la marine que les directeurs des attaques allaient devoir l'assistance d'une sixième batterie.

En explorant les criques les plus voisines de Sébastopol, le contre-amiral Bouet-Willaumez avait remarqué, au-dessus de la falaise que couronnaient les débris de l'antique Kherson, une position excellente, signalée par les restes d'un vieux fort génois. Il lui parut qu'en élevant, sur ce point, une puissante batterie de marine, on combattrait efficacement les ouvrages russes de la Quarantaine et que, le jour où les flottes seraient en mesure de joindre leur action à celle des troupes de terre, les deux attaques se trouveraient ainsi reliées utilement l'une à l'autre. Ce projet ayant été accueilli avec faveur, quatre canons de 50, six obusiers de 80 et cinq cents marins furent mis à terre par surcroît; mais il y eut de telles difficultés pour hisser les pièces au sommet du promontoire que, le 16 octobre, après quatre journées d'efforts, un canon seulement et cinq obusiers avaient pu enfin être amenés sur les plates-formes.

Le feu ouvert le 10 octobre, et depuis médiocrement entretenu contre les alliés par la place, ne leur avait pas fait beaucoup de mal encore; çà et là des gabions étaient renversés, des parapets entamés sur un point ou sur un autre; mais nulle part le travail n'était interrompu. Sur le mont Rodolphe, l'artillerie et les marins hâtaient leurs constructions, tandis que le génie prolongeait en arrière les communications qui devaient relier au Clocheton les deux extrémités de la tranchée primitive, et à droite l'amorce de la première parallèle. Les ateliers étaient, à l'ordinaire, en pleine activité, le 14 octobre, lorsque la canonnade, au milieu du jour, prit subitement une violence extrême. Des trois bastions opposés aux attaques françaises les projectiles pleuvaient comme grêle; 960 boulets et obus, de l'aveu des Russes, furent lancés en moins d'une heure. Tout ce qui, par ricochet ou de pleine volée, dépassait la crête du mont Rodolphe allait, de bonds en bonds, rouler ou éclater au fond du ravin de la Quarantaine; on ne le nomma plus dès lors que le *ravin des boulets;* à la fin du siége, on n'aurait pas trouvé dans tout le monde une mine de fer aussi riche. Ce grand feu des Russes n'était qu'un essai, une épreuve préliminaire. Ils avaient voulu, pour chaque pièce, déterminer exactement le champ de tir et régler les hausses. Deux jours après, entre dix heures et demie et onze heures et demie du matin, les Anglais furent pour la première fois salués de la même sorte, tandis que les Français l'étaient en récidive, avec un surcroît de bombes remarquablement ajustées. Ces deux expériences, par bonheur, ne firent pas un grand nombre de victimes, mais elles endommagèrent beaucoup les ouvrages français, surtout la batterie n° 5. On eut beau y élever des traverses; rien ne pouvait la dérober aux coups d'enfilade ou d'écharpe que lui envoyaient le bastion de la Quarantaine et la batterie Schemiakine; et, cependant, c'était de ses douze pièces qu'on attendait l'action la plus efficace pour réduire au silence le bastion du Mât. Afin d'y aider ou d'y suppléer même, au besoin, on avait jugé nécessaire d'établir, sur la droite, dans l'amorce de la première parallèle, deux nouvelles batteries; commencées dans la nuit du 15 au 16, elles étaient, le 17 au point du jour, achevées et armées, mais non approvisionnées, de sorte qu'elles ne purent, dans cette journée fameuse, jouer le rôle qui leur avait été dévolu.

Une grave question était agitée depuis quelques jours dans les délibérations du commandement en chef, la participation des flottes à la grande attaque qui se préparait. Du côté des Français, le contre-amiral Bouet-Willaumez, et sir Edmund Lyons, du côté des Anglais, y poussaient de tous leurs efforts; le vice-amiral Bruat promettait volontiers son concours, mais les vice-amiraux Dundas et Hamelin, qui n'avaient jamais été des partisans bien vifs de l'expédition, hésitaient à commettre avec les batteries presque invulnérables des Russes leurs navires aux murailles de bois. Ils se sentaient responsables, non-seulement des flottes, mais encore des armées dont les flottes, en un jour de malheur, pouvaient être le seul refuge et le dernier moyen de salut. « J'ai beau dire à l'amiral Dundas, écrivait au chef d'état-major général de l'armée française le contre-amiral Bouet, j'ai beau lui dire que, ne fût-ce que pour l'effet moral, il faut que les vaisseaux se fassent casser quelques mâts; il me répond qu'il a ordre de les tenir toujours prêts à rembarquer les troupes au besoin. » Lord Raglan n'avait point autorité sur le vice-amiral Dundas qui était indépendant de fait et de droit; au contraire les commandants des escadres françaises se trouvaient placés sous les ordres du général en chef de l'armée de terre. Héritier du maréchal de Saint-Arnaud, substitué à tous ses pouvoirs, le général Canrobert n'était que plus attentif à ménager, avec une délicatesse habile, les opinions et les sentiments particuliers de la marine. Dans une conférence tenue le 12 octobre, le vice-amiral Hamelin avait fait cette importante concession qu'il y aurait peut-être lieu de faire attaquer par les frégates à vapeur les batteries situées au sud de la passe et qu'ensuite les vaisseaux pourraient canonner le fort Constantin. Ce que demandaient les généraux en chef, c'était l'action des vaisseaux immédiate et générale; pressés par le vice-amiral Bruat, par sir Edmund Lyons et par le contre-amiral Bouet, les deux commandants des flottes se laissèrent à la fin convaincre. A la suite d'un conseil tenu, le 15 octobre, à bord du *Mogador*, les généraux en chef reçurent, par une note signée de tous les amiraux, l'assurance que les attaques de terre contre Sébastopol seraient soutenues par une action générale des escadres contre les forts et batteries de mer. « J'ai hâte, écrivit aussitôt le général Canrobert au vice-amiral Hamelin, j'ai hâte de vous dire combien je suis heureux de la grande résolution que vous venez de prendre; toute l'armée y applaudira. Elle me rassure complétement sur les résultats de l'attaque que nous méditons. Nul ne peut prévoir les effets que peut produire sur les fortifications de la ville comme sur le moral de la garnison cette action simultanée de deux flottes et de deux armées. Il n'est pas impossible que cet effet soit tel qu'il détermine l'occupation immédiate de la place par nos colonnes. Dans tous les cas, il la préparera solidement et sûrement. »

Les ordres furent partout donnés. Le 17 octobre, au point du jour, trois bombes tirées coup sur coup de la batterie française n° 3 devaient servir de signal à l'ouverture générale de la canonnade; le feu était réglé à quatre-vingts coups par pièce pour les batteries de terre, à soixante-dix pour les batteries de bord. Cent cinquante francs-tireurs, choisis parmi les plus adroits dans les bataillons de chasseurs à pied et de zouaves, avaient pour mission spéciale de s'embusquer en avant des batteries françaises et de tirer uniquement sur les canonniers russes. Enfin, au corps d'observation comme au corps de siége, les troupes de toutes armes, debout avant le jour, avaient ordre de se tenir prêtes à tout événement.

Grossie des renforts qui étaient successivement arrivés aux quatre premières divisions, de la cinquième tout entière, amenée par le général Levaillant, des deux régiments de la légion étrangère et d'une brigade de cavalerie, l'armée française comptait, au 15 octobre, à peu près 42,000 hommes, et 47,000, en y joignant la division turque; l'armée anglaise, renforcée de 4,000 hommes, avait relevé son effectif à 22,000. Dans quelle proportion l'armée russe s'était-elle augmentée à la même époque? C'est ce qu'on ne peut pas absolument dire, mais on sait que du 30 septembre au 17 octobre, le prince Menchikof avait ajouté trente bataillons à la garnison de Sébastopol. Pour ce qui est des forces d'artillerie qui allaient entrer en lutte de part et d'autre, on peut en fixer l'importance à un canon près. Du côté des alliés, les batteries françaises du fort Génois et du mont Rodolphe étaient armées de quarante-neuf pièces ; les Anglais, sur le mont Voronzof et la Montagne Verte, en avaient soixante-treize. Du côté des Russes, le total des bouches à feu placées sur les remparts, non compris l'armement spécial des forts de mer et batteries de côte, était de trois cent quarante ; mais il est vrai que par la position qu'elles occupaient, la plupart ne pouvaient servir qu'à la défense rapprochée. Celles qui avaient des vues directes sur les ouvrages de l'ennemi étaient au nombre de soixante-quatre contre quarante-neuf en face des attaques françaises, et de cinquante-quatre seulement contre soixante-treize en face des attaques anglaises ; de sorte que la somme des pièces était à peu de chose près égale de chaque côté ; mais l'avantage des calibres et surtout l'abondance des approvisionnements portaient au double la supériorité des Russes.

CAMILLE ROUSSET.

www.ingramcontent.com/pod-product-compliance
Lightning Source LLC
Chambersburg PA
CBHW060855180626
46818CB00004B/1714